DISCOVRS

DES GENERAVX CHANGEMENS de l'Vniuers.

ENSEMBLE

Des mouuemens celestes de l'Abside de Iupiter significateur de la FRANCE, calculez selon les mouuemens terrestres de paix & guerre, qui dés la fondation du Monde, iusqu'à l'an 1616. aduiendront en icelle, selon lesquels le FRANÇOIS doit cy apres esleuer sur toutes les Nations les trophees de ses conquestes, & à la fin former vn Empire sans borne & sans pair, perdurable iusqu'à la consomma-tion de toutes choses.

Par I. D. R. POLIPHILE,

A PARIS,

Chez RENÉ GIFFART Imprimeur, demeu-rant ruë grande Bretonnerie, prés la porte sainct Iacques.

M. DC. XV.

A TRES-HAVTE,

TRES-PVISSANTE, ET TRES-EXCELLENTE PRINcesse MARIE DE MEDICIS, Royne de France & de Nauarre.

MADAME,

Voſtre Majeſté eſt tellement nee pour le bien de la FRANCE, qu'il ſemble qu'en nos iours, elle n'ait deu eſperer aucun vray repos, que par le ſecours de ſon ayde fauorable. Auſſi toſt qu'elle ſe fiſt voir en ce Royaume, au meſme temps les orages (qui nous agitoient depuis ſi longues annees) cederent au calme, de ſorte que la guerre de Sauoye, qui menaçoit d'eſtre le commencement de nouueaux vents, & de nouuelles vagues, fut la fin de la tormente, & le commencement de la douce bonace qui nous a fait ſurgir heureuſement au port de ſeureté où nous ſommes. Ceſte paix ſi attendue, MADAME, a eſté depuis appuyee & fermement eſtançonnee par la naiſſance d'vne tres-deſiree poſterité Royale, que V. M. nous a donnee, ſi heureuſe que deſia dés ſa tendre jenneſſe, elle porte la Couronne des plus

grandes & puissantes Monarchies, se treuuant
capable de rabaisser la grandeur des Ottomans,
& faire plier les Croissans soubs l'Oriflame de la
fleur de Lys. Apres encor comme si V. M. deuoit
tousiours faire decouler son bon-heur sur nous,
au temps de la grande tempeste, & du noir &
cruel tourbillon, qui auoit emporté le maistre Pi-
lote, aussi courageuse que prudente, elle prist en
main le difficile tymon, & d'vne dexterité indicible, par sus les bans & les Carybdes des remue-
mès, nous guida & guide encor par ses salutaires
conseils en toute felicité. Et parce que ce discours
traite des mouuemens de la FRANCE, selon les
mouuemens des Absides de Iupiter, & que V.
M. nous doit conduire par iceux, i'ay estimé estre
necessaire de les luy faire voir, afin que si ie ne
suis digne de seruir sur le Tillac, ie serue au moins
sur la Hune, & donne aduertissemèt des escueils
qui m'apparoissent de loin. Ie supplie tres-hum-
blement V. M. les regarder d'vn œil fauorable,
afin que de là prenant hardiesse, ie luy rende
des preuues plus notables du perpetuel seruice que
doit à V. M.

MADAME,

Vostre plus que tres-humble &
plus que tres-obeïssant subject,
& seruiteur,
    I. D. R. POLIPHILE.

DISCOVRS
DES GENERAVX
changements de l'Vniuers.

A decadence des Royaumes, & captiuité des Nations, de mesme que la fondation des Empires, n'aduient point par vne rencontre aueugle des choses fortuites. Ces grandes & notables mutations ne se font point par l'incertain euenemét de l'hazart. l'Air d'Anaximenes n'a point esté la cause de la forme des Monarchies, encore moins les Atomes d'Epicure, proportions ou nombres Pythagoriques. C'est la main seule du DIEV tout-puissant qui les establit, & la bonté de sa Prouidence eternelle, qui l'imite l'accomplissement de leur temps, de leur duree & subsistence. Car comme toute puissance & domination vient de luy : aussi toute leur vigueur & force decoule de la douceur de la benignité de sa grace. Ainsi ceste tant triomphante & glorieuse Nation des Iuifs, mesme autrefois la bien-aymée de DIEV, (exemple bien remarcable) monta premierement à la summité d'vne grandeur de Regne Auguste & redoutable, & puis apres feust miserablement enchaisnée & emmanotée selon le temps de son opressió determinée.

A

Ainſi par 70. ſepmaines d'ans determinées, la Captiuité Babilonique les chaſtia, Actes Chap. 7. Ainſi depuis la reſtauration du Temple iuſqu'à la venuë du CHRIST le Redempteur, ſe deuoient eſcouler ſept ſepmaines & ſoixante deux ſepmaines d'ans, & apres ſoixante deux ſepmaines, (auquel temps Daniel Chap. 9. dit, les deſolations de ce peuple deuoir eſtre parfaictes & accomplies) la malheureuſe nation deuoit eſtre deſtruite & deſolée pour eſtre d'oreſnauant la balieure du Monde, & le meſpris de toutes nations. Les Royaumes donc ont de DIEV leur eſtabliſſemént & leur fin, & par conſequent s'eſleuent, ſubſiſtent, & dominent ſelon l'abondance de ſa faueur, non ſelon noſtre prudence, valeur & force. Et ſeroit-il auſſi raiſonnable, que des ſi generaux & vuiuerſels changemens, des effets ſi notables & redoutables dependiſſenr de la foibleſſe & imbecillité de l'homme? De l'homme, qui comme la fleur marciſt auec le declin de ſon iour, qui comme l'ombre verſe du ſoir, s'apetiſſe, iuſqu'à la nuit, iuſqu'à la fin de ſa vie, & comme la bulle volante s'eſuanouit à nos yeux auec les Idees des nuages de l'air, dont la force s'eſgale à la durée des torrens, qui s'abaiſſent & s'eſcoulent en leur vie, en leur voye, en leur ſoudaine & fuyante courſe? Non celà ne ſe peut. C'eſt auſſi DIEV ſeul qui les a preordonnez & ordonnez, deuers lequel auſſi ſeulement (comme les Saincts Patriarches, Ioſeph, Daniel, & ſainct Iean) doiuent recourir ceux qui veulent ſçauoir le futeur de leur vigueur, & de leur cheute, puiſque, *Apud illum*, comme dit ſainct Auguſtin en ſes Soliloques, *omnium ſtabilium ſtant cauſa, om-*

nium immutabilium manent origines, omnium ratio-
nabilium , irrationabilium atque temporalium vi-
uunt rationes. Que si D I E V ne nous reuele imme-
diatement ces diuins secrets (comme à ces bien-
reux Patriarches & Peres) on peut comme moy
les rechercher dans ses supremes liures , dans les
Cieux estoillez , ses Hieroglyphiques admirables,
& les grands registres de ses Saincts decrets. Decrets qui nous doiuent estre dautant plus conside-
rables, que nous pouuons appeler d'iceux par prieres deuant le Throsne de l'Eternel , puis qu'ils ne
necessitent point , n'obligent point , & n'empor-
tent que nostre libre & voletante affection par inclination naturelle. Donc comme sa diuine bonté
a laissé à l'homme le franc-arbitre aux choses petites, communes & ordinaires, au vice & à la vertu:
tout de mesme, luy à elle osté i'entier gouuernement des choses plus grandes , plus hautes & vniuerselles. Et partant les Empires des peuples & des
Nations, ne depédent pas de la vaillance où sages-
se , (encore que D I E V s'en serue,) mais de son
seul ordre admirable & diuin, selon lequel le Ciel,
les Astres , la Terre & toute la Nature se meut &
se gouuerne. Car c'est luy qui *Librat in pondere*
montes & colles, & in statera molem terra tribus di-
gitis appendit. C'est luy qui a pesé les montaignes
& les valees, & sur ses trois doigts en sa balance
suspend ceste grande masse terrestre, la tournebou-
lant pour seruir où Regner selon son bon & iuste
plaisir. Ie faisois ce Discours en moy-mesme,
quand ie vins à benir & admirer la grande grace de
D I E V enuers nous F R A N Ç O I S , de ce qu'il a
laissé passer franche ceste Monarchie audelà des
A ij

ansClimacteriques des Royaumes,&la conseruée
si entiere,auec tant degloire &de splendeur,qu'elle a offusqué l'ornement des Empires, & l'apparat
releué de toutes autres Royautez. Mais comme ie
vins à remarquer par quel moyen la Diuine Majesté l'auoit maintenuë en la pompe de sa genereu-
se magnificençe, par quel ordre elle l'auoit formée
& affermié, par l'espace de tant de siecles diuers,
par quels instrumens elle vouloit encore esleuer
iusqu'au Ciel, iusqu'à la consommation des siecles,
les aisles de sa gloire triomphante, en luy faisant
fonder vn Empire sans borne & sans fin, plus im-
petueux que le Grec,plus solide que le Romain,&
plus fort & iuste qu'aucun autre, ce feust lors que
ie demeuray comme raui, & que la comprehen-
sion des voluptez de ces belles curiositez me fist
desirer d'en faire part à mes amys, Curiositez dautant plus desirables, qu'elles sont en toute façon
pures, n'ayans besoin que d'vn clair iugement
pour les comprendre, & d'vne ame toute nette &
munde pour auoir le desir en mesprisant ceste
boüe terrestre d'aller admirer leur diuin facteur &
conseruateur. Aussi pour se les bien figurer,il faut
passer audelà de ce bas Monde, esleuer son ame
hors des bourbiers des Elemens,& conduisant son
esprit iusqu'à la consideration du Throsne de
Dieu, des Cieux & des corps celestes les mediter
sagement. Mais dira quelqu'vn, n'est-ce pas trop
haut voler? n'est-ce pas trop entreprendre que de
lire & apprendre les secrets de la Diuine Majesté?
Non (belle ame) non, car sa misericorde infinie
les nous laisse voir pour nous faire voir sa puissance
& clemence, pour attirer nos ames à luy, & rece-

uoir les effects de noſtre humble repentence. D'autant que les Anges & intelligences de ces grands Orbes celeſtes, dans leſquels nous liſons ces beaux ſecrets ; tout ainſi qu'elles ſont les Herauts de ſa haute Iuſtice, par meſme raiſon au mouuement de leurs Concentriques & Eccentriques, nous annoncent elles la rigueur de la ſeuerité de ſes futures vengeances, & dans iceux *tanquam in albo Pratoris*, nous y font lire les Edits comminatoires de noſtre prochain chaſtiment. Et à vray dire, le Ciel, & la Terre ne ſont autre choſe que les liures de la Diuinité, dans leſquels elle nous laiſſe lire (bien que plus obſcuremenr en l'vn qu'en l'autre) les ordonnances de ſa benignité incroyable, & les aduertiſſemens de la iuſte punition que nous auons merité, par l'vn nous rendons graces de ſa grande miſericorde, par l'autre nous nous repentons, ſatisfaiſons & l'adouciſſons. Ainſi le Ciel auec des lettres de feu, auec des eſcritures mouuantes & Caracteres eſtincellans, nous monſtre engrauez les ſignes certains du courroux diuin : Ainſi la Terre & la Nature par la difformité de l'horreur de ſes monſtres, par le mugiſſant ſon des ſecouſſes de ſon tremblement, par la deſolation de ſes deluges & ſterilitez, nous faict comprendre & apprendre les menaces de l'execution de ſon ire eſpouuentable, lecture alors bien generale, mais auſſi bien à craindre, & qu'on ne doit pas meſpriſer. En ceſte façon tout l'Vniuers peut eſtre appelé le liure de la Diuinité, où le mortel ſans offence auec la gloire de DIEV à pouuoir d'apprendre à s'amender. Mais le Ciel comme plus digne & plus pur, comme d'vn ordre plus

beau, plus parfaict & intelligible, comme compo-
sé de matiere incorruptible & ineffaceable, doit
estre appelé l'vng des plus beaux liures de ses plus
grands secrets, & le plus rehaussé Tableau de son
eternelle preuoyance. Liure d'autant plus admirable qu'il a moins de lettres & de feuillets, & neant-
moins designe, represente, & signifie, non seulement vniuersellement & generalement toutes les
choses generales & vniuerselles, mais encore de-
monstre aussi les principaux & plus notables accidens de nos fortunes particulieres. Doncques
D I E V auec les Caracteres des sept Plaanettes &
petits poincts des Estoilles fixes, par leur distance
& conionction, par leurs feux & mouuemens, à es-
crit dans les Cieux les menaces de la determina-
tion de sa iustice, & par mesme moyen reglant par
ordre les generaux changemens des Empires, leur
a establi vng terme, vng periode, vne fin & vne
borne certaine en leur stabilité !

Or ces periodes déplorables, ces mouuemens
menaceans, desolees desolations des peuples, sont
recogneuz par plusieurs considerations, les plus
claires & probables desquelles sont quatre, sçauoir
le changement des Absides des Planettes, (lequel
regarde plustost le particulier des Royaumes que
le general du Monde, comme les autres trois ont
leur plus grande signification sur la plus grande
partie de l'Vniuers) La seconde se prent de la mutation de l'Eccentricité du Soleil, La troisiesme de
la diuerse figure de l'obliquité du Zodiaque, & la
derniere de la grande coionction que font ensem-
ble d'vne triplicité en l'autre, les supericures Planettes, Saturne & Iupiter apres s'estre entresuiuis

dans les Cieux l'efpace de huict cens ans ou enuiron. Car les Cometes, & toutes autres apparitions
metheoriques, font pluftoft des refmoignages des
fufdits mouuemens celeftes, ou comme les Eccli-
pfes des aydes & nouuelles forces aux generales
influences, qu'aucune caufe certaine d'aucun notable & general changement. Ce fera (amy Lecteur) de ces quatre mouuemens celeftes (principalement de ceux de l'Abfide de Iupiter, qui en-
traîne auec foy celuy de Mercure) appliquez aux
mouuemens de çe Royaume , defquels comme
d'vne loüable curiofité ie defire de t'entretenir fo-
brement & modeftement. Et parce que l'applica-
tion de ces Abfides eft vn fuject efpineux , &
qu'aucun autre n'a voulu encore efbaucher,
Soyez moy donc fauorables Diuines & chaftes
Mufes, *Vos mihi facrarum penetralia pandite re-
rum, & veftri fecreta poli.* Enfeignez moy le fecret
de vos Cieux eftoillez , guidez moy benignement
par les deferts de ces vaftes folitudes, & puis que le
benin Lecteur ne peut efperer de moy, *Atticos fa-
les, aut fluentes numeros* , mais à bien grande peine,
planam & nudam orationem, Ornez moy de vo-
ftre gratieux Cefte, *In quo,* dit Hefiode, *Gratia, be-
neuolentia, & probabiles fuafiones.*

Or pour venir au point , Il faut fçauoir, que
quand nous parlons des Abfides, nous entendons
des Abfides des Eccentriques, qui font ainfi appe-
lez , parce qu'ils n'ont pas leur centre auec celuy
du Monde, & partant, accedent, & font plus pro-
ches du centre du Monde par vn cofté , que par
l'autre. Comme fi la ligne diametrale dudit Eccentric, paffant par fon propre centre & celuy du

Monde, diftinguoit en la circonference de l'Eccentric deux poincts, le plus lointain du centre du
Monde feroit appelé, l'Abfide, l'Auge, l'Apogée
de l'Eccentric, l'efleuation du Planete, autrement
la plus longue longitude, & le plus haut poinct de
la ligne de l'Auge du Planette; L'autre poinct qui
eft le reftant de la ligne diametrale, s'appelleroit le
Perigée, l'opofition de l'Auge, & la plus briefue
longitude. Or vng Planette en ce point de l'Abfide, eft eftimé plus agiffant, plus pur, plus fort &
plus heureux qu'ailleurs ; parce qu'il eft plus proche des figures celeftes & des Eftoilles fixes, def-
quelles accidentairement il prent fa proprieté &
vertu, & tout agent naturel agit plus validement,
que plus il eft proche de ce qui luy imprime
paffion.

Il y a plus, c'eft que ce mouuuement eft comme
la fin de tous les mouuemens celeftes, dans lequel,
y a mouuemens de centres, qui font de fi grande
confequence ; car le premier mobile, meut le fecond, celuy là les deux Orbes difformes, les deux
orbes difformes, tournent tout l'Eccentric, & par
mefme moyen le poinct du Perigée & de l'Abfide ; De là en fuite, felon la diuerfité des centres, des
Signes, & des Afterifmes, les influences agiffent.
Il eft donc neceffaire que ce mouuement ait vne
grande vertu. De ces mouuemens voicy le
Scheme.

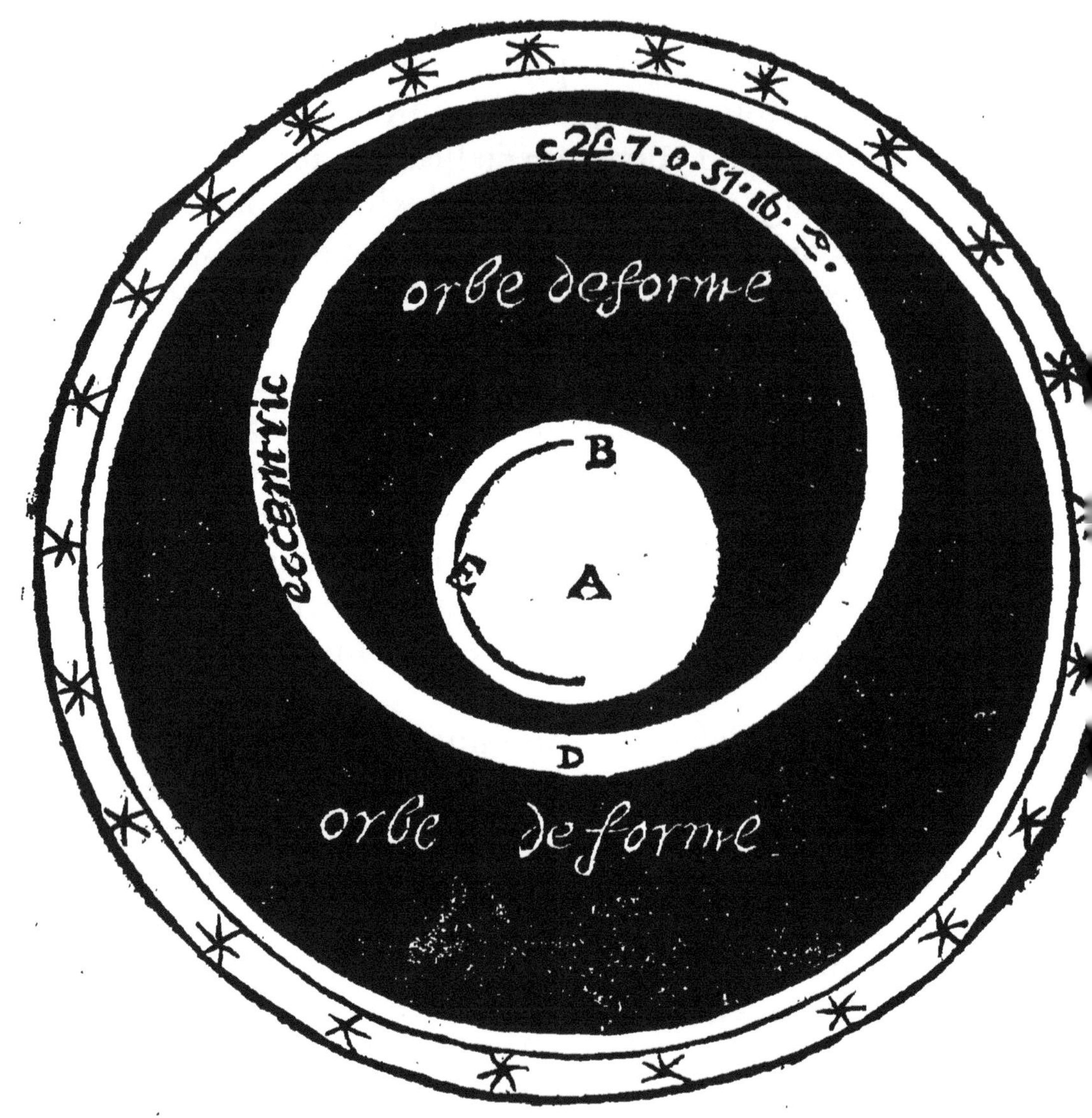

Auſſi le Reuerendiſſime Cardinal de Alliaco
liure 3. de Orbes, Cardã 5. aph .129. & tãt de doctes
ont remarqué, que le ſeul Abſide du Soleil, ayant
marché depuis Aries iuſqu'à Cancer, laiſſa inhabi-
table la partie Auſtrale, c'eſt à dire, au commencement du Monde fiſt pluſtoſt habiter l'Auſtrale
que la Boreale, qu'apres de Cancer iuſqu'en Libra, il fiſt habiter l'Auſtrale & Boreale, mais la Bo-

A. Centre du M
B. Centre de l'e
C. C'eſt l'Abſi
D. le Perigee.
E. Mouuemen
centre de l'eccen

reale receut plus de ſes vertuz, commende & commandera, que paſſant de Libra en Capricorne, rendra plus habitee l'Auſtrale, non qu'elle domine la Boreale, Dont ils ont en fin conclud, que de Capricorne iuſqu'en Aries (Si tant eſt que le Monde dure tant, que l'Abſide Solaire puiſſe faire ce cours) l'Auſtrale dominera, & la Boreale ſera nuë, deſtruite & deſolée.

Ie ſuiuurois ce diſcours de l'Abſide du Soleil & de toutes les autres errantes, monſtrant en quels Signes ils ſont paruenuz, & quelles Nations & peuples peuuent ſouffrir où vaincre, mais ce ſeroit eſtre trop liberal des ſecrets Kabaliſtiques, & puis i'excederois en vn grand volume contre mon intention, nous nous contenterons donc de ſuiure ſeulement le chemin qui nous conduit en la France.

Le changement des Abſides de toutes les Planetes, ne touche pas à icelle, il n'y a que celuy du courtois & genereux Iupiter que nous deuions obſeruer, parce que Iupiter ſeul, principalement (comme il eſt remarqué par tous, notament par le tres-docte Cardinal de Cambray) eſt ſignificateur de la France, ſon Algebutar, ſon Chronocrateur, & Almuten, c'eſt à dire, le Planete qui y a plus de domination. Il nous faut auſſi remarquer que le Tropique de Cancer ſur tous les Signes celeſtes, a ſpeciale puiſſance & ſignification ſur elle. Cancer (dis je) ce beau ſigne Royal, ainſi appelé en terme de l'art, parce qu'aux Natiuitez des grands Roys, il occupe toujours le principal lieu de la figure, Principalement en France, teſmoings en ſoient tant d'heureux & valeureux Roys ; & entre autres les

inuincibles & redoutables , H E N R Y le grand &
L o y s 13. son fils aujourd'huy heureusement regnant, dont le premier pour auoir eu ce tres-fort
signe en la maison Royale, c'est à dire, au poinct de
son Midy, dans lequel signe estoit placée la partie
de fortune (à conter de la Lune au Soleil,) laquelle estoit illustrée du trigone dextre de Venus, da-
me de la maison huictiesme, attribuée à signifier
les heritages, & du triangle senestre de Saturne,
seigneur de la quatriesme, qui designe le patrimoi-
ne des ayeux, par ces constellations tres-heureu-
ses, encores que ceste partie de fortune eust pour
ennemis le Soleil Mars & Mercure, & ce par tres-
sennemie opposition, & la Lune & Iupiter par
quadrat dextre & senestre, qui representoient des
Papes, des Roys, des grands Capitaines, des gens
de lettres, des peuples & Religieux tres-opinia-
tres, Si est-ce que par la volonté de D i e v, (qui a
voulu laisser agir les causes secondes & naturelles)
c'est à dire ce Signe & ces trigones, il a succedé aux
droits paternels & maternels, & pour raison de ce
qui est designé par le Cancer, c'est à dire, la France,
est demeuré maistre absolu, vainqueur & triom-
phant tres-heureux. Quant au Roy Regnant la
Gloire des Princes Chrestiens, la Consolation de la
France, & l'Esperance de l'Vniuers, qui pourroit
desirer d'auoir mieux placé ce Signe? veu que sa
Majesté l'a pour ascendant & horoscopant en sa
Natiuité, presage, marque, indice & tesmoignage
tres-certain & tres-indubitable, entre tous les autres, qu'elle est naturellement née pour l'honneur
de son Royaume, pour son bien & repos, & que
de son viuant (& plaise au Createur qu'elle viue

B ij

pluſieurs ſie cles) aucune puiſſance eſtrangere où
ſubjecte, ne peut broüiller en iceluy ſans dur re-
pentir. Mais pour nous radreſſer au ſentier que
nous a uions vn peu eſcarté.

C'eſt donc Cancer qui darde ſur la France ſes
fauorables influences, & comme il eſt ſolſtitial, reglant le cours & deſcente du grand flambeau du
jour, il eſt auſſi l'exaltation de Iupiter, qui en terme de l'art, eſt la grande fortune du Monde, qui
ne ſignifie que Seigneuries, Honneur, Magnanimité, Iuſtice, Gloire & Magnificence; Auſſi ce
Royaume qu'il repreſente, eſt en hõneur, dignité,
force, vaillance, & gloire, le premier, le plus digne,
& le plus deſirable de tous ceux que le clair Soleil
illumine. C'eſt pourquoy phiſicalement il confere
aux vrais Erançois vne generoſité & magnanimité
inctoyable, vne douceur & courtoiſie treſ-ciuile,
vn courage & hardieſſe ſans pair, vne deſmeſuree
inclination à exercer la Iuſtice, la pieté & deuotiõ,
auec vne probité, honneſteté, pompe & netteté
inexprimable, qui ſont les qualitez eſſentielles de
la nature de Iupiter. Car quant au deſir de ſçauoir
les nouueautez, promptitude & impatience, & encore au changement des nouueaux habits, elles
viennent de la participation que la Lune a en ce
Signe, auquel ſelon nos regles, elle a dignité de
maiſon, laquelle *Eundo, & redeundo perpetuo noua*
mouet & affert, ſtudiumque ſciendi ingerit, vt &
propter mutationes formæ ſuæ, formas mutare facit
veſtimentorum. Leſquelles inclinations naturelles
viennent parfaictement toutes les fois que quelque Françoiſa en ſa Natiuité heureuſement conjoincts & poſez Iupiter & la Lune au Cancer, ainſi

que i'ay remarqué plusieurs fois, comme de mesme selon leur in faufte & contraire pofition, ces inclinations fe treuuent manques, improportionnees, & excedantes.

La France eft encore auffi fubjecte aux beaux gemeaux Caftor & Polux, parce que ce Signe eft l'antifce de Cancer, fa reflexion & illumination, & qu'auec ledit Cancer, il eft efgalement vertical & proche de la France. Car le blond Phœbus ne fauoifine iamais plus pres de nous que quand il parcourt ces Signes radieux. C'eft pourquoy nous deuons auffi confiderer les puiffances de Mercure leur feigneur, qui à caufe de cela, peut autant où plus en ce Royaume qu'en aucun autre du Monde, tefmoin le bel ordre eftabli dés la fondation de l'Eftat par les loix Saliques, & tant de Chapitres, Conftitutions, Pragmatiques Sanctions, Loix, & Ordonnances efcrites & Mercuriales que nous auons, qu'il femble que n'y puiffions rien plus adjoufter. Tefmoin les procez immortels que la vertu Mercuriale fufcite & renouuelle fi opiniaftrement qu'on en eft en prouerbe à toutes Nations. Car la fubtilité caufeufe Mercuriale ioincte à la nature efgale & debonnaire de Iupiter, ne peuuent que donner des plaids & des procés. Notamment que l'Abfide de Mercure eft encore dans le Scorpion figne Martial & litigieux, duquel il fortira en l'An mil fix cens quinze fequente annee, & deflors la monftreufe Chicane peu à peu commencera à f'alentir iufqu'au temps de la gloire de l'Empire François, par laquelle elle fera quafi entierement abrogee. Cefte Monarchie fera donc encore fous ces loix & ordre eftablie, & gouuernee par trois cens ans ou enuiró, auquel temps l'Abſide de Mercure que Iupiter gouuerne auec le ſien (Car Mercure luy a donné toute ſa puiſſance, la laiſſant toujours au Planete qui le ioinct, & Iupiter luy eſt en conionction) auquel temps (diſ-je) ledit Abſide ſe ioindra au rutilant, ardant & enflammé Antares, eſtoille des plus puiſſantes du Ciel, Beibenie des plus heureuſes, comme a dit Hermes Triſmegiſte, de Nature Iouiale & Martiale. Alors les valeureux Roys François ſe formans des immortels trophees, des Couronnes & ſceptres des Empires & Royautez ſerues & vaincuës, receuront des tiltres de gloire & Majeſté non encore exprimez, & la ſubtilité Mercuriale conuerſiue, s'eſtant toute trásformee en Iouiale & Martiale, ornera pluſtoſt la main Françoiſe d'vn Cymeterre bien aceré, que d'vn vil ſac de molle toille qu'aujourd'huy il farciſt tout de complainctes & criees des miſerables Litigeans. Et par meſme moyen ſe treuuant vainqueur de tant de genereux peuples, eſtimera indigne de la gloire de ſon courage, de s'amuſer aux reliques & deſbris d'vn chetif heritage, luy qui viendra de conquerir tant de Terres & de Mers. Ce pendant ſi par prudence humaine (Conſidere, amy Lecteur ceſte parolle qui laiſſe le recours enuers DIEV tout entier) nous voulons dominer les Aſtres, & debiliter la malignité des cruelles influéces, qu'entre cy & ce temps l'inambulation de nos Abſides pourroit rencontrer, il eſt neceſſaire que nos Roys gardent bien les ſolemnitez & ordre antien du Royaume; fuyans toute mal-heureuſe noueauté, & par meſme moyen cóſeruent le rang aux Princes du ſang, qui ſont les immuables fondemens de l'Eſtat, & par meſme ſuitte, maintiénent les Cours de Parlemens, (principalement celle de Paris, ſeante à la Capitale) en la puiſſance & authorité qui leur a eſté donnee en leur eſtabliſſe-ment : Car il faut que leur Majeſté ſçache, qu'elle leur a baillé vne portion de leur pouuoir ſous tel-le conſtellation, qu'on ne la leur ſçauroit oſter, eſbercher, où eſbranler qu'auec la deſ-vnion Mer-curiale & Iouiale qui cimente & eſtabliſt humai-nement leur Royauté. Qu'il plaiſe donc à leur ſa-cree Majeſté, de ne forcer ce pourpre Royal, ces mortiers antiques & venerables, qui ſont enuers les deſtins François des preſages de ſi heureux Au-gures, & pour le ſouſtien de leurs redoutez ſce-ptres, autant d'armees puiſſantes, voire autant de celebres victoires. Que leur Majeſté laiſſe donc faire librement leur fonction à ces Auguſtes Se-nats, ſans les contraindre à l'approbation des nou-ueaux Edits par leur puiſſance Royale, & moins encore les deſplacent (non pas meſme par vn peu de temps) de leur antién Palais où ils ſont deja ſta-blement fondez. Car eſtans en partie les arcs-bou-tans, piliers & colomnes de leur Eſtat, comme le monſtrent les principes d'iceluy, leur Couronne & Eſtat ne peut eſtre eſbranlé, ou receuoir vne mauuaiſe ſecouſſe eux demeurans debout, & do-minans de leur part aux Palais de leur Regne. Si ie voulois monſtrer le mal-heur de ce chágement, ie vous ferois ſouuenir des toujours déplorables tré-pas des HENRY le grand, HENRY 3. HENRY 2. &c. de tres-heureuſe memoire, auquel temps le Parlement des Pairs eſtoit deſplacé & mis ailleurs. Mais parce que chacun ſçait ce changement, &

que ſa conſequence dépend des principes qui ne
ſe preuuent point, Ie me contenteray de la ſuppo-
ſer. Non que l'ordre nouueau, où ledict Palais, ou
le changement de la demeure d'iceluy, cauſe ces
cruels accidens, mais ſeulement ce changement
eſt vne propre diſpoſition qu'on baille en ayde
aux malignes influences qui n'agiſſent iamais ſans
le moyen de l'ayde des choſes inferieures, où bien
encoré ſont vn teſmoignage & aduertiſſement
du malin & infauſte mouuement celeſte ſupe-
rieur, auquel la choſe inferieure acquieſce & cor-
reſpõd, à laquelle pluſtoſt par noſtre prudéce, élle
deuroit contrarier. Et voyla la vraye cauſe naturelle & phiſicale de ces grandes cauſes, qui decoulan-
tes de la main de l'Eternel, doiuent eſtre conſide-
rees pour noſtre bien, bride en main, ſagement &
diſcrettement en admiration & conſolation. Ces
principes poſez, diſons maintenant.

Que quand la parolle efficiente de l'immortel,
deſbroüillant les matieres confuſes du Cahos,
eſtendit deſſus les Airs, ces bleuës courtinẽs celeſtes que nous appelons Cieux, chacunes d'icelles
prenans leur branſle ſelon la volonté du ſouuerain Architecte, vers l'Orient ou l'Occident, ſelon
leurs diuers cercles & Orbes, en courſe, viſte, où
tardifue; Alors Iupiter, (que nous deuons ſeul par-
ticulierement contempler) ſe trouua auoir ſon
Abſide, comme en ſon propre & ſpecial lieu, vers
la fin du ſigne Cancer, en l'Eſtoille appelee la poi-
trine d'iceluy. Ie dis alors contant depuis ce premier commancement du Monde, iuſqu'à ce
temps, (ſelon le calcul des Grecs qui commen-
cent l'An en Septembre,) conforme au conte

Aſtrono-

Aſtronomique) 7124. ans. Mais parce que c'eſtoit
l'enfance du Monde & l'eâge d'or, & qu'apres cō-
me le deſir de la domination eſmouuoit les ames
ambitieuſes, le general Katacliſme ſubmergea
toute nature humaine, reſeruee celle de l'Arche,
nous ne dirons autre choſe du premier mouuement de nos Abſides, ſinon qu'alors meſme du general & vniuerſel deluge qui feuſt l'an du Monde
1700. où enuiron ſelon ledit conte, (ô tres-profō-
de mer de meditation qui engloutis la penſee de
tous hommes, de meſme que tous hommes, ô
abiſme de cogitation à noſtre cogitatiō, ô gouffre
ſans aucun fonds de la grande prouidence & bonté de D i e v,) L'Abſide ſe ioignoit au 13. degré du
Lyon, auec les luiſantes eſtoilles du Nauire Argos,
qui demonſtroit par ce rencontre vn deluge futeur: Car il auoit eſté dés le commencement du
monde la menace d'vn deluge ſur les meſchans, &
la promeſſe d'vn Nauire de ſauuetépour ceux qui
craindroient D i e v, & qui d'vn diſcours muet
aduertiſſoit lors Noé & ſa poſterité qui habitoit
les Gaules, d'en faire vn ſemblable pour ſ'y ſauuer.
Type vrayement diuin, eſcriture & figure certes
toute ſainćte, que les hommes peuuent bien admirer, r o) tous bien cognoiſtre, en taſter le bord
& le ſuperfice, non profōder iuſqu'au centre de ſa
demonſtration: Car les Cabaliſtes tiennent qu'il
demonſtre encore l'Egliſe. La Terre du dépuis
apres pluſieurs longs & multipliez Siecles, s'eſtant
repeuplée enuiron l'an du Monde 2400. l'Abſide
eſtant paruenu au 20. degré du Lyon, auec l'ayde
de la grande eſtoille appelée le Roitelet, où cœur
du Lyon; de nature plus martiale que ſouiale, plu-

C

fieurs Roytelets en chafque Prouince & Ville,
f'efleuerent en nos Gaules, qui regnerent en icelle auec diuers fuccez, mal-heurs & guerres, ainfi
qu'on le peut probablement juger par le mouuement de ces Abfides, quand quatre cens ans apres,
an du Monde 2800. où enuiron, l'Abfide rencontra la derniere eftoille de la cuiffe du Lyon de la
nature de Saturne, de Venus & Mercure, qui demonftre des guerres infortunees & inteftines entre les parens, comme de mefme encore apres,
quand l'Abfide s'auoyfina de la derniere du pied
dextre de la grande Ourfe de nature Martiale. Les
Gaules furent donc en ceft eftat iufquà la venuë
de Cefar, enuoyant ce pendant diuerfes peuplades
d'vn cofté d'autre, telles que celles de ces genereux guerriers qui ayans debellé & rauagé tant de
Royaumes qu'il y a pour paffer de la Gaule en
Thrace, fe firent appeler Gaulo-Grecs, où comme
ceux qui defcendans en Italie, vainquirent les Romains, faccagerent Rome & affiegerent le Capi-
tole. En cefte façon, felon le rencontre des fortes
conftellations, les Gaulois firent redouter les ge-
nereufes armes de leur vaillance, & flotter glo-
rieufement leurs vainqueurs eftendards par tout
ce grand Vniuers, la memoire de la plufpart defquels beaux faicts a efté engloutie par la voracité
du temps, & couuerte pour iamais de fa roüille
oublieufe. C'eft pourquoy nous franchirons librement le refte du temps que l'Abfide a demeuré
dans le Lyon & entrerons en la Vierge. Vierge,
mal-heureufe Vierge, Signe fatal & de mauuais
rencontre aux Gaulois : Car par nos principes, ce
Signe eft feruile & s'appele le détriment & la

cheute de Iupiter. C'eſt auſſi par la ſeruile nature
de ce Signe que ſeruirent aux Romains nos Gaules (comme nous verrons cy apres). Quand donc
noſtre Abſide an du Monde 3600. où enuiron, fuſt
auec la queüe du Dragon de nature Saturnine &
Martiale, alors s'eſleuerent entre les Gaulois les
mal-heureuſes factions (dont parle Ceſar en ſes
Commentaires) qui durant tout ce ſiecle, & encores en l'autre 3700, à cauſe de la premiere des trois
eſtoilles qui ſont en la queüe d'Helice de Nature
Martiale, eſbranlerent de fonds en comble toutes
les colomnes de leur Eſtat, & finalement par leur
mal-heur firent planché à la puiſſance Romaine
qui triompha d'eux & de leurs partialitez.

Auançons nous encore bien auant en ce Signe, auſſi bien n'y cognoiſtrons nous de long-
temps, qu'imbecillité, & extreme legereté, & pour
les affaires des Gaulois des fougues & des boutta-
des. Hé? quel plaiſir aurions nous a regratter les
euenemés des triſtes influences du dos du Lyon, &
de tant d'eſtoilles de l'Hydre que nous allons rencontrer. Il nous ſuffira de remarquer qu'en ce
temps là, à cauſe de la Vierge (en laquelle couroit
noſtre Abſide, qui eſt la maiſon de Mercure, qui
influë & eſt autheur des lettres & diſciplines,) Les
Sciences furent en treſ-grande eſtime entre les
Gaulois, & que le Barde & le Druyde les cultiue-
rent auec tant de ſoing, qu'auec la grande inclination qui leur eſtoit donnee du Ciel, Ie croiray facilement qu'ils ſurmonterent en icelles, toutes les
nations du monde. Ils excellerent donc en ce téps,
c'eſt à dire, depuis 3700, ans, iuſqu'à 5400, non ſeulement aux Sciences vulgaires & communes,

mais aussi aux secrets & abstruses, & qui ne se trai-
ctent qu'auec secret & ordre de Kabale, telles
que la Philosophie naturelle & la vraye Astrolo-
gie, desquelles nous ne treuuons maintenant dans
les Auteurs imprimez, que des figures obscures,
des Enigmes confus, en forme de labiryntes, &
des images voilees, qui ne peuuent estre cogneus
que par ceux qui par vn maistre (comme nous) y
ont esté heureusement initiez. Or reuenons à nostre train.

En l'an du Monde 5500. où enuiron, nostre Abside estant infortuné par les Estoilles du Venden-
geur de la nature de Saturne & Venus (significateurs de l'Empire Romain, comme on lit en la
Kabale Astrologique de Phauorinus, & Obserua-
tions celestes de Iamblichus. Les Gaules perdirent
leur premiere & ancienne liberté. Vierge encore
& non jamais touchee, cedans non à la force &
vaillance, Car par là ils eussent peu subiuguer plusieurs mondes: mais à la iuste volonté de D I E V, à
laquelle obeissoit le Ciel & la Terre, & tout ce qui
domine la Nature. Ils furent tributaires aux Romains iusqu'en l'an du Monde 5900, & du VERBE
incarné 426, où enuiron; que l'Abside venant à la
fin de la Vierge, leur rendit la liberté par le rencontre heureux de la blonde Perruque & Couronne de la Reyne Berenices, par le Bout de laisle
senestre de la Vierge, & par le Cheual celeste, les-
quelles constellations vnies, vnirent encore à la
Gaule, le Sycábre, où Salien Franc, & en la personne de Pharamond, releuerent vne Royauté qui ne
peut trouuer sa fin qu'auec la consommation de
toutes choses. Symboles inexplicables, representa-

tions diuines , pourtraicts de noſtre terreſtre felicité, de quelles dignes parolles pourray je deſcrire
le bien, que par la liberalité du Createur, vous reſ-
pandez ſur nous? C'eſt icy , (beaux eſprits de la
France, ames curieuſes & dignes de ſçauoir les ſecrets de D i e v,) c'eſt icy maintenant que vous
deuez verſer les triees fleurs de voſtre bien dire,
& remplir l'air de l'odeur de vos loüanges, chan-
tans les admirables forces & proprietez de ces
eſtincellantes & lumineuſes conſtellations, par
leſquelles comme par ſes inſtrumens & cauſes ſe-
condes, le ſouuerain Roy de toutes choſes, vous a
redonné la liberté pour touſiours. Doncques valeureux François, engrauez ſur l'airain des ſiecles,
Faictes entrelaſſer parmy les timbres & blaſons de
vos armes, faictes peindre ſur l'aſur de vos Eſcuſ-
ſons, les images de ces belles & deſirables formes,
qui pour vous ſont dans les Cieux toutes couuer-
tes de flammes, & embellies de rayons d'heureuſe
gloire. Mirez, admirez les ſouuant, & quand vous
verrez que la flotante & blonde cheueleure de la
Reyne Berenice , ſignifioit qu'elle vous vniroit
auec des Pharamonds & Clodions Cheuelus, Que
l'Aiſle de la Vierge vous eſleueroit & dóneroit les
airs, voire pour jamais les airs de la liberté. Que le
Cheual celeſte la ſouſtiendroit & porteroit, communiquant ſa valeur à voſtre Cauallerie inuincible, qui en tout l'Vniuers eſt l'eſpouuanté des armees, la terreur des bataillons, & la deſconfiture
des ennemis, admirez alors le iuſte rapport de la
Terre au Ciel, l'obeiſſance des choſes inferieures,
aux ſuperieures, & la perfection de voſtre Empire
en ceſte accomplie vnion. Mais ſur tout conſide-

rant que cesteCheueleure est encorelaCouronne d'vne belle Reyne, qui vous a alliez si fermement auec vos voisins les Sycambres, par laquelle liaison ont resté inesbranlables par tant de siecles les perdurables fondemens de vostre Estat, sur tout souuenez vous alors des grands labeurs qu'à soustenu en son heureux gouuernement vostre Reyne Regente, mesmement pour vous allier auec vos voysins d'vne paix asseurée & stable, & tenez pour enseignement Mystic & Kabalistique, que ceste Couronne celeste n'est que l'Image de la sienne, de tout temps mise & gardée au Ciel pour le bon-heur des François, par les sages Druydes pour telle demonstrée, que doresnauant nous pouuons nommer, non de la Reyne Berenice seulement, mais encore de la tres-prudente, trescourageuse, & tres-liberale Reyne Regente Marie de Medicis.

Plus donc par la rencontre de ces belles & puissantes constellations, toutes descoulantes en rays & lumieres fortunees, que par la vertu du signe de la Vierge, dans lequel estoit encore l'Abside, les François affermirent leur naissante Royauté. Non toutefois de telle façon, que la nature contraire & imbecille de ce Signe, ne causast bien tost des grands desordres en l'Estat. Car l'an du Monde 6060. & du Salut 567, le bec du Corbeau, commune estoille, auec l'Hydre de la nature de Saturne & Mars, communiquant ses infaustes puissances à l'Abside, fist naistre plusieurs testes & Royautez entre les enfans du grand Clouis premier Roy Chrestien, dont Gildebert fust Roy de Paris, Clotaire de Soissons, Clodomire d'Orleans, & Thyerri de Mets. Voire quelques annees escoulees soubs Clotaire 2. esleuant vne nouuelle teste, mist toute la puissance de la Monarchie entre les mains des Maires du Palais, qui finalement quand l'Absside s'auoysina des yeux & du col du Corbeau de nature Saturnine & Martiale, an du Monde 6250, & du salut 750. se saisirent de la Royauté.

L'Absside sortant entierement de la Vierge, entra dans Libra, signe aussi Royal & Equinoctial, exaltation de Saturne & maison de Venus, dont la force & vertu dominante, s'estend proprement en signification d'Empires, gouuernement de grands Royaumes, & construction de grandes Citez. Signe non du tout propice & fauorable aux François, mais toutefois plus semblable & sympatisant auec eux, que celuy de la Vierge. Car c'estuy-cy est signifiant en choses hautes, grandes, & triomphantes, plain de pompe, d'esplendeur, & d'apparat auguste & magnifique. Voyla pourquoy aussi dés l'an 800. du Salut, & du Monde 6300. l'entremise & proximité du Centaure, figure toute remplie d'estoilles Iouiales, meslees auec vn peu de Venerienes, auec celles de l'aisle droicte du Corbeau de nature Saturnine, fust cause de redresser en France des reliques du miserable desbris de l'Empire Romain, vn autre Empire, lequel à raison de Saturne & Venus (significateurs comme a esté dit de l'Empire Romain) fust encore appelé de ce nom, bien qu'aucun Romain n'y commandast, & à cause des estoilles Iouiales (significatrices des François) fust establi en la personne de Charlemaigne qui estoit leur Roy. Ptolomee, Leopolde Duc d'Austriche, & Cardan suiuans

Hermes Trifmegifte, parlant de la propriecé des eftoilles qui font au commencemẽt de Libra, enfeignent, *Illas valere ad fcientias , & ad leporem dicendi.* Ce fuft la caufe feconde du fçauoir de Charlemagne, & de l'eftabliffement de cefte belle & jadis tant floriffante Vniuerfité de Paris, qui ne peut eftre reftablie que par vn Roy qui aye beaucoup de participation & de conuenance auec ladicte conftellation, & telle l'a noftre Roy inuincible aujourd'huy heureufemant Regnant : Car fa Majefté a Mercure en toutes fes dignitez & puiffances effentielles, matutin, & encore Iupiter & le Soleil auec les fufdictes eftoilles du commencement de Libra, qui non feulement promettent de luy donner vne grande cognoiffance en toutes Sciences, comme à Charlemagne, mais encore le faire appeler comme le grand Roy François, le Pere des Sciences & Difciplines.

Ne trouuons pas eftrange que ceft Empire f'efccule fi toft de la perfonne & race des Roys de France, puis que c'eft le propre du Centaure & Corbeau, de n'arrefter gueres en vn lieu, & à la verité fi c'eft Empire n'euft efté continué par election, qui eft comme vne efpece de mouuement, allant de race en race, par là fe rapportant en quelque façon à fes principes, il y auroit longtemps qu'il ne feroit plus, & fi l'Aigle ne change de branche, elle aduance fes deftinees. Parce que le commencement de Libra eft fort entrelaffé auec les eftoilles Mercuriales des aifles de la Vierge , qui font infiniment inftables, imbecilles, mechaniques, debiles, & improportionnees en ce qui eft des grands & nouueaux Eftats ; A cefte caufe la
plus

plus part des deux siecles suiuans, nous aurons au
Sceptre & gouuernement des Princes imbecilles,
& plustost plains d'affoiblissement que d'aucunes
solides vertuz. Tels furent l'Empereur Regent &
Roy de France Charles le-Gros, qui gouuerna ce
Royaume mercurialement seulement, & rien Io-
uialement, & puis mourut de miserable pauureté
en la chetifue cahuette d'vn Bourg sans nom. A
celuy là suiuit Charles le simple, lequel pour ces
imperfections & improportions, soixante quinze
ans seulement apres Charlemagne, abandonna sa
dolente vie en la destresse d'vne triste prison. De
mesme suitte Loys le Faineant vint apres luy, qui
fut le dernier Roy de ceste seconde race Royale.
Mais ces imbecillitez Mercuriales, peuuent estre
mieux iugees par ceux qui considereront comme
i'ay faict, les Natiuitez de ces trois Roys infortunez, que descrites par aucun stil humain. La valeur
de ce florissant Royaume se flestrissoit languissam-
ment par la commixtion de ces estoilles Mercuriales & rencontre de Princes, qui auoient en leur
Horoscope ennemis ou infortunez Iupiter &
Mercure, quand l'Abside en l'an du Monde 6500.
& du Salut 987. entrant dans la constellation de
Bootes, autrement Arctophilax, où le gardien du
grand Chariot print la proprieté du talon du Centaure, qui est Iouiale & Veneriene, & encore celle
de l'antecedente à l'aisle susdite du Corbeau de la
nature desia dicte, par le moyen desquelles influë-
ces, comme vne terre seiche freschement arrosee
d'vne humeur conuenable, le Royaume reprint sa
premiere vigueur & verdeur, en reproüignant les
jettons de ses lauriers & Couronnes en la maison

de Hues le grand, qui nous feruira deformais d'v-
ne feconde pepiniere de grands Auguftes, victo-
rieux & tres-fages Roys. On ne verra point en cefte troifiefme race, vne fi grande eftenduë de pays
leur obeïr, on n'y remarquera point des victoires
fi celebres & ordinaires, qu'en la premiere & feconde, mais aufsi elle gardera le fien, & ne donne-
ra point à lire dans fes Hiftoires, les mal-heureufes
diffentions des fils contre les peres, des freres cô-
tre les freres, fuiuies toufiours d'eftrange & piteux
Cataftrophe. Au contraire D I E v approuuant cefte iufte domination, confirmant la vertu des conftellations aydantes à l'Abfide, conferuera fix cens
ans & dauantage, cefte genereufe race au throfne
de la France, à quoy les autres deux enfemble
n'ont peu approcher ou paruenir.

En l'an du Monde 6600. & du Salut 1061. l'Abfide prenant la vertu du pied droict du Corbeau,
de nature Martiale & des eftoilles qui font au cofté droict en la ceinture de la Vierge, qui font
Mercuriales, felon l'impatience de cefte influence
trop viue, qui eft toufiours caufe des principales
fougues & fautes des François, parce qu'il a defia
affez de promptitude & legereté par la proprieté
du Cancer, qui eft dominé en partie par la Lune
toufiours mouuâte, fans que la viuacité remuante
de Mercure le vienne aiguillonner. Par l'impetuo-
fité donc de ces Afterifmes s'efmeurent alors les
cruelles guerres & inimitiez premieres des François, contre les Siciliens, puis contre les Flamans,
puis contre les Anglois, lefquelles dernieres furent
plus cruelles que toutes les precedétes, pour auoir
efté fomentees par l'autre pied du Corbeau de na-

ture Saturnine, & par les autres eſtoilles de la ſuſ-
dite Ceinture, de la nature jadicte. Car la France,
apres auoir eſté à cauſe de ladite ceinture, comme
entouree d'ennemis, par les guerres qu'elle auoit
eu contre tous ſes voyſins ; finalement par guerre
ciuile, ſe cuida deſtruire elle meſme, par le moyen
de l'influence Mercuriale & Saturnine, qui aux
brigues, pratiques, & artifices Mercuriaux des factions d'Orleans & de Bourgogne, adjouſta des
meurtres, & trahiſons Saturnines, inſignes, & in-
croyables. Et ſans doute ſi ceſte Monarchie euſt
peu finir, elle ſe fuſt perduë en l'an du Salut 1422.
& du Monde 6900. ou enuiron : ou pour mieux
parler, Si D i e v, (voulant demonſtrer vne extreme benignité enuers elle) ne luy euſt donné vn
Roy, (c'eſt Charles 7.) ſoubs des conſtellations
tres-fortes Iouiales & Mercuriales, ſemblables à
celles de la nature du Royaume, & quaſi pareilles
à celles du Roy H e n r y le grand, en ce qui eſt
de la conqueſte & repos de la France, par le moyé
deſquelles ſe tempererét peu à peu celles de l'Abſide, qui finalement laiſſerent le deſſus aux Iouiales & Mercuriales, comme on le voit en la Natiuité dudit Charles 7. qui ſe treuue dans les Commé-
taires de François Iunctin, Preſtre Florenti n, ſur le
Quadripartit de Ptolomée. Ie n'attribuë point
les guerres & voyages des Fráçois en la terre Sain-
cte, au mouuement de nos Abſides, Car elles deſ-
cendoient des generales conſtellations de l'vniuerſel Monde. Ainſi par la bonté du Maiſtre de
toutes choſes, qui s'eſt ſeruy de ces eſtoilles & de
la prudence de Charles, comme des roües des reſ-
ſorts de ſa grande grace, la France reprint halaine

D ij

iufqu'aux guerres d'Italie, eſtant gouuernée pendant ce temps-là, par Iupiter & Mercure conjoincts, *Partiliter & in eodem puncto Abſidis*, ſur le lieu de l'eſtoille qui precede les Lombes du Centaure, qui eſt Iouiale & Mercuriale, par laquelle conjonction & vnion, Mercure qui ſelon nos reigles, ſe conuertit touſiours en la nature de ceux qui luy ſont ioincts, perdit l'imbecillite de ſa proptieté, print la Iouiale propre à la France, & reſpandit ſur elle ſa trop ſubtile influence, qui auec la nature des Balances, nous a tant exercez en diſputes & procez, en la pourſuitte deſquels nous ſerons iuſqu'au temps ſus marqué.

Nous voicy maintenant en l'an 1494. du Salut, & du Monde 7060. nous voicy, diſie, aux boutades, impetuoſitez, & fougues Françoiſes, qui eſclattent par l'inambulation de l'Abſide qui ſe treuue ſur la 2. eſtoille des 4. qui ſont dans Libra, au long de l'Aiſle ſeneſtre de la Vierge, de nature Mercuriale. Icy l'eſpluchante poincte de ladicte influence, apres auoir faict pulluler parmy nous les cruelles & deuorantes Hydres des procez renaiſſans, nous fit rechercher les antiens droicts que nous auions en Italie, intenter noſtre action, & en pourſuiure le jugement par le mortel arreſt des armes. Mais côme tous procez ſont mal-heureux aux François ſeulement: (Car il les deuore.) La poſſeſſion valut aux ennemis, & nous fuſmes condamnez en grandiſſimes deſpens, executez, & contraints par corps, en la perſonne du grand Roy François premier. Le mal-heur donc que nous reſſentions en ce meſchant procez, venoit de l'inconſtance des affaires, ceſte inconſtance, de l'impuiſſance de ne retenir

le conquis, & ceſte impuiſſance de la mutabilité
& conuertibilité Mercurialle, qui (comme il eſt
dit) trouuant aux François vne nature prompte,
l'emporte inconſiderement & temerairement.
Ceſte malencontreuſe conſtellation n'eſtoit paſ-
ſée, que l'Abſide rencontra la ſeneſtre eſpaule
de Bootes, de nature Saturnine & Martiale, nulle-
ment Iouiale, (mais bië ſon ennemie,) influéce autant, voire plus cruelle que la precedente : Car la
premiere n'infortunoit que pour ne retenir ſon
bon-heur, ou prendre ſes aduantages, & puis la
guerre eſtoit contre des eſtrangers. Mais en ceſte
cy toute ſa ſignification tomboit ſur le Royaume,
tout le deſordre venoit d'iceluy, & tous les raua-
ges ſ'exerçoient en ſon cœur, en ſes propres en-
trailles. La raiſon de celà eſtoit, que Iupiter maiſtre de l'Abſide, *Nullam habebat in hac conſtella-
tione conuenientiam*, comme a eſté dit, ainſi qu'il
auoit touſiours eu aux precedentes Mercuriales,
& que chacun de ces deux Planetes malins, vouloit eſtre dominateur. De faiƈt la malice de ceſte
effroyable eſpaule appelée Teginus, a eſté ſi grande qu'elle a exercé les plus cruelles qualitez de ces
deux Planetes. Le propre de Mars eſt d'agir ou-
uertement, & de iour, & alors tuer, & par fer, feu
& flamme, ruiner, eſpandre le ſang, & deſtruire
tout. Saturne vient couuertement, par fraude, dol,
tromperie, & de nuiƈt, puis aſſomme, precipite,
noye, eſtouffe, & eſtrangle; combien trop verita-
blement ont elles repreſenté ſur noſtre triſte eſ-
chafaut toutes ces luƈteuſes proprietez ? Mais dira
quelqu'vn, d'où ſont venuës les diſputes de la Religion, meſléés auec les gibets & les feux parmy

ces forçenees diuisions? Ie respons, que ie ne pen-
se pas que les disputes de la Religion dependent
du mouuement des Absides, quoy qu'en aye dict
Cardan, & tant d'autres doctes, si ce n'est que ce
changement icy, estant le plus horrible, espouuen-
table & formidable de tous les precedens, D I E V
aye permis qu'il aye amené ces disputes pour ex-
ceder en l'ame & au corps, tous les maux qui furent jamais. Et à la verité, s'il est permis de croire,
sub censura Ecclesia, qu'il permette aux Astres
d'esmouuoir ces disputes, comme agissans premie-
rement sur les corps, & puis par eux sur les ames,
*Non simpliciter & directé, sed per medium, & indi-
rectè.* I'aymerois mieux croire qu'elles auroient
esté suscitées par la constellation de la liee & em-
manotee Gassiopee, qui en l'an 1572. enuiron la S.
Barthelemy, monstra à tout l'Vniuers vne nouuelle estoille en sa Chaire, aupres de ses genoux,
qui en grandeur surpassoit celles de la plus grande
magnitude, esgale à celle qui apparut aux Roys
qui vindrent d'Orient adorer le C H R I S T, laquelle se monstra brillante & estincelante par sei-
ze moys où enuiron, s'escoulant & disparoissant
peu à peu, comme de mesme firent ces feux & ces
gibets, & comme encore il semble que maintenant en la France peu à peu s'escoule & s'esteigne
ceste ardeur desmesuree de la Religion, qui alors
enflammoit si passionnement les cœurs, & qu'elle
aille encore iusqu'à son temps en son declin, iusqu'a-ce qu'il plaise à D I E V. Mais comment, par
quelles demonstrations & raisons Astronomi-
ques & Phisicales, on pourroit demonstrer, comme l'estoille des genoux de l'enchaisnee Cassiopee

nous defignoit, & figuroit celà? Ie le pourray trai-
&er ailleurs autrement; car ces raifons pourroient
faire chopper icy quelque ame infirme.

Ces feux, rebellions, defobeiffances, paix ou tré-
ues, durerent iufqu'en l'an 1585. & du Môde 7080.
que l'Abfide prenant les proprietez de l'antepe-
nultiefme de l'Hydre, qui eft vers la fin du 6. degré
des Balances, de nature Saturnine & Veneriene,
fit naiftre & foufleuer en la Ligue derniere vn nô-
bre de teftes contre la Royale. Et parce que la nature de la precedente Saturnine auoit efté corro-
boree par cefte-cy, pour comble furent adjouftees
aux guerres ciuiles, l'incurfion de l'ennemy naturel, fes garnifons dans la Capitale, les entreprifes
& prifes de la Couronne qui fut fonduë, & fes
pierres precieufes comme mifes à l'encan. Car
quant aux morts violentes des chefs, Premiere-
ment de Monfieur de Guife, & puis du Roy HEN-
RY 3. ces eftranges euenemens, enfemble le changement de la Couronne d'vne branche en l'autre, & la mort de HENRY le grand, ne vindrent
pas abfoluëment, à caufe de l'influence de l'Hydre, encore qu'elle y aydaft, comme qui poufle-
roit vne chofe efbranlee, mais aduindrent par les
malignes conftellations vniuerfelles du Monde,
qui troublerent pour lors la plus part des Roys de
la Terre, ayans leurs effects au temps feulemét des
accidentaires directions des Planettes de leurs
Natiuitez, qui font mifes en lumiere au Commen-
taire du Preftre Florentin, fus-allegué, dedié aux
Inquifiteurs, & auec leur permiffion imprimé. La
France ayant efté long-temps fort vexee par l'Hydre, finalement l'Abfide vint au 6. degré, & 48.

min. de Libra, aux termes de Venus, dans lequel
lieu, elle a plus de puiſſance qu'aucun autre Planete, & partant parce qu'elle eſt benefique & pai-
ſible, & qu'elle participoit à l'influence precedan-
te, qui eſtoit en partie Veneriene, facilement eſtant
augmentee de force par ces Termes, elle commē-
ça à nous dominer abſoluëment, & ſelon ſa nature, enclina à la paix les eſprits du Roy, des Frãçois,
& de l'eſtranger, à ce contrainēts & forcez les
deux derniers par les armes victorieuſes & inuincibles de ſa Majeſté, qui pour le recouurement de
ſon Royaume eſtoit capable de battre toutes ſor-
tes d'ennemis, voire toutes les forces du Monde
enſemble, à cauſe des Triangles de Saturne à Venus, & de Iupiter à la partie de Fortune, par leſquels on peut lire, que DIEV vouloit indubitable-
ment que ſa Majeſté recouuraſt l'heritage de ſes
ayeulx par armes. D'autant que Mars en ſon Ho-
roſcope, auoit vne treſ-grande commixtion, liai-
ſon & action auec Saturne & Venus, ſignificateurs
de ſon heritage. Car Mars eſtoit en la maiſon de
Saturne, & au ſextile de Saturne, & Venus en la
maiſon de Mars, & ſextile de Mars. D'abondant
Mars eſtoit en ſa propre exaltation & throſne, en
la ligne du Septentrion qui monſtroit le Royaume. Et non ſeulement eſtoit-il né pour vaincre,
mais encore pour regner apres en paix, comme le
monſtre Iupiter en ſa Natiuité conjoinēt par Or-
be aux Balances, auec le degré de l'Abſide. Et à la
verité les Termes ſeuls de Venus, n'euſſent point
donné vne paix ſi lōgue, s'ils n'euſſent eſté ſouſte-
nuz & fortifiez par ceſte tres-forte, & pour ce diſ-
poſee de DIEV conſtellation. Comme de meſme

apres

apres fa mort, les funeftes feux de nos déplorables diffentions, euffent auec plus de rauage que jamais embrafé les mal-heureufes mutineries de nos guerres ciuiles inciuiles, fi la mefme beneuolence du Redemptevr, n'euft faict naiftre fous mefme conftellation le Roy Loys 13. auec felicité regnant, ayant pour ceft effect, non feulement Iupiter aux Balances conjoinct auec le degré de l'Abfide, & en la ligne du Septentrion qui demonftre le Royaume, mais auffi Mercure tref puiffant en fon Signe, & encore (quafi au mefme degré de l'Abfide) le Soleil, hors des rayons duquel la Lune defluant & fortant en ce mefme Signe, prend & retient à foy les feux & flammes de Iupiter que le Soleil luy baille. Caracteres certes myfterieux, admirables, notables, & longuemét remarquables. Caracteres, difie, qui dés la naiffance de fa Majefté, peignoiét d'vn bien vifible crayon fa Royauté en bas âge, la Regence de la Reyne fa mere, le bon-heur du Regne & du gouuernement. Vous ferez contraints icy, ames opiniaftres, baffes, & vulguaires, qui ne pouuez confiderer pour la pefanteur de vos efprits, que la boüe de la terre, & la maffe groffiere de ce qui f'arrefte entre vos doigts ; vous ferez, difie, icy contraincts d'approuuer la verité de nos reigles, & confeffer l'infallibilité de nos axiomes, (quand Dikv de fa toute-puiffance n'en empefche la fignification.) Voyez nos reigles en tous nos Autheurs, Chapitre des dignitez accidentaires des Planetes, & vous verrez qu'vn Planete eft dict, eftre fous les rayons du Soleil, quand il eft trop pres d'iceluy, n'en eftant pour le moins efloigné de fept degrez, alors ce planete comme vne petite bougie mife deuant vn grand feu, perd fa clarté & fa force, la delaiffant au Soleil, qui puis apres la communiqué au premier planete qui défluë, & fort hors de fes rayons. Confiderez maintenant Iupiter fignificateur de la France, & de l'authorité du Diadefme, eftre en la la Natiuité du Roy au 3. degré, & 5. min. des Balances, & le Soleil au 4. degré & 34. min. comme la Lune au 22. degré & 10. min. dudit Signe. Par la reigle donc, Iupiter fe trouuoit priué de clarté, de lumiere & de force. Car il n'eftoit efloigné du Soleil que d'vn degré, & 29. min. & le Soleil l'ayant prife, la rendoit & depofoit à la Lune, qui n'eftoit efloignee & defluante du Soleil, que par 17. degrez & 36. min. & partant n'auoit marché que deux degrez où enuiron, depuis fa fortie hors des rays du Soleil, qui ne f'eftendent que iufqu'au quinziefme. La Lune par ces reigles, fortoit donc hors des rayons d'iceluy, les remportant remplie de clarté, de rays, de feu& vertu Iouiale. Voyez encore Ptolomee, liure 3. de fon Quadri-partit, Schoner chap. 2. liure 1. des Natiuit. & tous nos maiftres chap. des Parens, & vous verrez que la Lune reprefente toufiours la Mere aux natiuitez nocturnes, comme eft cefte cy. La Lune donc, emportant & retenant la lumiere & clarté que le Soleil auoit ofté à Iupiter fignificateur du Royaume, & d'ailleurs fe trouuant hautement efleuée en l'Apogee de fon Eccentrique, au Septentrion qui marque l'heritage & le Royaume du Roy, comme a efté dict, demonftroit clairemét que la Reyne fa mere, exerceroit vn iour tout le pouuoir authorité & influance de Iupiter, & partant feroit Regente en ce Royaume heureufe,

obeie, redoutée & refpectée. Qui voudroit maintenant confiderer que fignifient les quadrats de la
Lune à l'afcendant, & à la partie de Fortune, enfemble les deux heureux fextiles dextres de Mars
& Venuz à icelle Lune, qui applique & f'en va au
corps de Saturne, celuy-là verroit en gros le paffé
& le futeur, & loüeroit Dieu de la bonté de fa grace indicible. Reuenons à nos Abfides.

Celle de la France, c'eft à dire de Iupiter, eftoit
au 6. degré 57. min. & 9. fecondes des Balances,
quand l'infernale creature, entraînee par vne dia-
bolique imagination, mift en effect les menaces de
mort violente, que par quatre redoublees conftellations le Ciel auoit demonftré dés la Natiuité
pouuoir choir fur le liberateur de la Fráce, fur l'in-
comparable Henry le grand, de tres-heureufe &
tres-douce memoire. Ma plume icy refte immobi-
le, fe reprefentant feulement en gros les qualitez
mal-heureufes, figurees par les Aneretas figni-
ficateurs de ce fatellite de l'horreur de l'affreux
Auerne, & comme frapee du foudre, tranfift fous
l'eftonnement d'vn fi lugubre coup. Ce coup euft
renuerfé tous les fondemens de l'eftat, & ouuert
la bonde aux flots & vagues des tempeftes paffees,
fi noftre tres-heureux Roy regnant, n'euft eu
en fa Natiuité, comme i'ay defia notté, Iupiter cô-
joinct auec le degré de l'Abfide. Ie l'appele tres-
heureux. Car il ne peut mourir d'aucune mort
violente, n'ayant en fon Horofcope, aucune conftellation qui l'en menace. Roy doué d'vn efprit
admirable, d'vn jugement fingulier, d'vn courage
& ame genereufe & Royale, auquel plaife à Dieu
donner les ans de Neftor, comme il a defia fes

guerrieres vertuz. Donc sa Majesté à Iupiter con-
ioinct auec le degré de l'Abside. C'est aussi, apres
DIEV, l'vne des causes de nostre repos, de nostre
bon-heur, & de la conseruation de ce Royaume.
C'est ce qui a retenu les armes des estrangers &
subjects effarouchez par le tres-scelerat assassin du
Roy HENRY le grand, c'est ce qui a faict fleschir les
mutins aux pieds de son throsne redoutable, c'est
ce qui les gouuerne encore auec felicité, & qui les
chastiera, s'ils entendent à la desbauche. En l'an de
Salut 1614. & du Monde 7123. l'Abside est paruenu
au 7. degré des Balances, rencôtrant la derniere de
l'Hydre de la nature ja dite. Toute la France à veu
comme elle a cuidé pulluler, toutefois, à cause des
termes de Venus, dans lesquels l'Abside sera encore longues annees, & qu'on a obserué l'inuiolable
ordre de l'Estat, qui nous sera pour tousiours, ce
que les anciens estimoient leur estre leurs Lares &
Penates Tutelaires, l'orage s'est calmé, si que soubs
le doux abry du port nous respirons aujourd'huy
le ioyeux air d'vne paix asseuree. L'an suiuant
du Monde 7124. & du Salut 1615. l'Abside paruié-
dra au 7. degré. a. o. minutes. 57. secondes. & 16.
tierces des Balances, retenant encore la proprieté
de ladicte derniere de l'Hydre : Car l'Abside n'en
rencontre point encore d'autre. Celà nous signifie, auec ce que la Venus de sa Majesté est ceste annee la en l'Ascendant de sa reuolution, qu'vn nouueau chef, ou plustost qu'vne nouuelle estoille,
plus belle, & radiant, plus fauorablement que celle de l'Aube du iour, viendra respandre sur nostre
Horison les benignes lumieres de sa beauté desirable,
& ayant part, authorité, honneur, & titre tres-

magnifique en l'Eſtat, incitera nos ames à ioye &
deleˆctation, ſelon le bon-heur de ſa venuë tant eſ-
peree, rempliſſant l'ame de ſa Majeſté de tant de
douceurs d'Amour, de delices & chers blandices,
que ceſte annee ſera l'vne des plus heureuſes, plus
agreables, & plaine d'autant de ioye, de ieux, ſum-
tuoſitez, magnificenees & contentement qu'autre que ſa Majeſté puiſſé voir, encor que *Aliquãdo
obſcuretur.* Car la nature de l'Hydre, agïra principalement en 1616. quand l'Abſide rencontera l'aiſle
ſeneſtre antecedente du Corbeau de la nat. de
Saturne & Mars, de la 3. magnitude, *Hic annus multa mirè dabit, Caſſiopeiaque lites meditat, atque fu-
nera multa, quæ Deus Harpocrates non palam
pandit.*

Nous ne chommerons plus ſi long temps aux
autres trois mouuemens: auſſi ils ne regardent que
le general de l'Vniuers, qui ne nous touche pas
tant que noſtre particulier, & partant n'eſt pas be-
ſoin de l'eſplucher ſi exaˆctement. Nous diſons que
les deſordres, viciſſitudes, & reuolutions du Monde ſe jugent, entre autres conſiderations, par celle-
là de la mutation de l'Eccentricité du Soleil, qui eſt
ſuiuie touſiours & perpetuellement non ſeulemẽt
par celle de Venus & Mercure, mais auſſi par toutes les autres errantes ſuperieures. Auſſi eſt-il le
Roy des Planetes, le Cœur du Ciel, la reigle des
mouuemens, l'ame des corps celeſtes, la meſure du
temps & des ſaiſons, & la fontaine de la vie, de la
lumiere & clatté. Voyla donc vn mouuement
tres-notable, puis que le moteur a ſi grand pouuoir. Or ceſte mutation de l'Eccentricité du Soleil,
comme il eſt remarqué par Copernicus en ſon 3.

liure des reuolutions, chap. 20. & par Noſtradamus au commencement de ſon liure du changement des Orbes celeſtes, ſe meſure & cognoiſt par le mouuement du petit cercle qui tourne le centre de l'Eccentric du Soleil, lequel petit cercle parfait, le tour de ſa circonference en 3434. annees. La plus grande Eccentricité derniere du Soleil fuſt 63. ans auant la Natiuité de noſtre Seigneur & Redempteur Iesvs - Christ, au temps ou enuiron que Ceſar changeoit la Republique Romaine, & par conſequent la plus grande part du monde en Monarchie. Et maintenant ce petit cercle aura ſa plus petite Eccentricité l'an 1653. au moys de Mars, qui menace de ruiner tout ce qui auoit eſté formé par la grande Eccentricité, & s'eſt maintenu en quelque façon iuſqu'icy. Ce petit cercle eſt appelé par le docte Cardan en ſon ſuplement des Ephemerides, & par George Ioachim Rethique, en ſa premiere narration des Hypotheſes de Copernic, la Rouë de fortune, parce que par ſon contour en partie, les Monarchies ont eu commencement & fin. Et defaict l'Empire Romain ayant eſleué les trophees de ſes plus glorieuſes armes en la plus gráde Eccentricité, eſt depuis allé touſiours en deſcroiſſant comme deſcroiſſoit icelle: de ſorte qu'aujourd'huy que l'Eccentricité eſt deſia tres-petite, il ſemble eſtre tout caduc, vieux, chancelant & allant à ſon premier lieu. Au contraire de la loy & Empire Mahometan, qui ayant commencé au premier quadrat dextre de l'Empire Romain, a creu ſelon le mouuement du petit cercle, & declin dudit Empire, & croiſtra, ſi Dievu par nos prieres n'oſte la proprieté à ces mouuemens, encore beaucoup plus en l'an 1653. Car en ce temps-là, sera la plus petite Eccentricité, apres laquelle en l'autre quadrat, ira derechef en ruine, & finira du tout finalement.

La mutation de l'obliquité du Zodiaque, ayde aussi fort à la cognoissance de ces formidables chágemens, laquelle est tres-grande à 23. degrez, & 52. min. & tres petite à 25. degrez & 28. min. Et parce que ceste cause dépend de la precedente, de la mutation de l'Eccentricité du Soleil, Car ceste obliquité du Zodiaque, croist, ou se diminuë, auec l'accroissance où descroissance de ladicte Eccentricité, qu'elle suit tousiours, par ces raisons sans l'exagerer dauantage, nous dirons seulement, que l'obliquité du Zodiaque descroist fort, & qu'elle sera en 1653. tres-petite, laquelle menace de donner vn nouueau Ciel, vne nouuelle terre, & de punir rigoureusement nos mal-heureuses iniquitez.

La conionction aussi des plus hautes & superieures Planetes, Saturne & Iupiter, est tousiours fort considerable; parce que c'est vn assemblage de feux & flammes bien diuers, & que l'vn est appelé l'infortune, & l'autre la fortune grande du Monde. Ces Planetes ont trois sortes de conionction, petites, moyennes & grandes. Les petites se font en l'espace de 19. ans, 318. 12. h. & 59. min. Elles sont ainsi dictes, quand ces Planetes se rencontrét en ceste espace de temps, en signe de mesme trigone & triplicité qu'estoit celuy de la precedente conionction. Et ceste-cy se faict dix fois auant que de sortit d'vne triplicité. Nous n'entendons point parler de ceste-cy, puis qu'elle ne cause jamais des mouuemés guieres grands. N'y aussi de la moyen-

ne, qui est dicte quãnd ces Planetes se conioignét
en Signes, qui font bien de diuers Trigones, mais
non pas toutefois contraires & ennemis, comme
quand la conionction vient de la triplicité ignee,
à la terrestre. Ceste-cy ne se faict que de 199. ans.
265. iouts, & 9. heures, en autant de temps, & auãt
qu'entrer en triplicité contraire, se faict trois fois.
Toutefois celle icy aydee du mouuement des Absides, a faict la plus part des Empires. Celuy des
Perses commença soubs vne conionction moyé-
ne, terreftre, & mouuement de l'Abside & influã-
ces de Saturne & Mars. Celuy d'Alexandre le
grand, foubs vne moyenne Æriene, & mouuemét
de l'Abside & influances du Soleil & Venus. Et
celuy de Mahommet en la moyenne aquatique &
mouuement de l'Abside de Mars, & commixtions
de Saturne. Ceste - cy faict merueille quand ce
qu'elle a construit, ne se treuue ruiné par les generales & plus fortes constellations, au temps de la
conionction subsequente. C'est pourquoy es siecles derniers l'Empire de Mahommet s'est accreu
des Empires de Trebisonde & Constantinople:
Car la conionction moyenne de ces Planetes, se
trouuoit au Scorpion, Signe de la Triplicité aquatique, conforme en vertu & qualitez au Signe,
soubs lequel il auoit commencé, auquel temps il
n'estoit destruit par les generalles. Nous desirons
qu'on considere sur tout les grandes, qui comme
elles se font plus rarement : car ne se font qu'vne
fois en 794. ans & demy, aussi ont des effects plus
merueilleux & extraordinaires. Celle-cy racle ruine, emporte, destruit auec vne violence du tout ennemie, tout ce que la precedente a faict. Celle-cy

rauage

rauage auec toute forte d'hoftilitez , non les villes,
& prouinces feulement , mais encore les Royaumes, les Empires, & quelquefois tout l'Vniuers. La
raifon fe peut facilement voir en la contrarieté des
qualitez des Signes, dans lefquels les conionctiós
ont efté faictes. Or les grandes conionctions fe
font quand des Trigones aquatiques , par exem-
ple ces Planetes fe conioignent en fignes de Trigones Ignees. Ce changement faict toufiours les
plus grands changemens.

Pour preuue regardons dans les Hiftoires, cher-
chós y ceux qui ont efté les plus generaux, & nous
verrons fi nous fupputons auffi les mouuements
celeftes, qu'au mefme temps y auoit vne grande
conionction. Sept cens nonante quatre ans ou enuiró, apres que Dieu ent formé ce beau chef d'œu-
ure le monde, y euft conionction, au temps de Ia-
red: alors la plus part du genre humain commença
de mener vne vie ciuile, s'vniffant plus eftroicte-
ment les vns les autres en forme de bourgs & citez
changement bien notable, puifque dorefnauant
chacun dira, tien, mien. La 2. fe fift l'an du monde, 1588. à l'endroit de l'Afterifme de la nef cœle-
fte, laquelle à efté plus cruelle qu'aucune des autres, fes effects apparurent 68. ans apres , non feulement en quleque parries de la terre, mais par tout
l'vniuerfel monde, quand le general deluge , fub-
mergea toute creature fauf ce qui , par la benedi-
ction diuine, fuft fauué en l'arche auec Noé. La 3.
fuft l'an 2382. quand le geare humain fe recueillit
derechef en vng , baftiffant villes & citez. La 4.
fut l'an 3176. quand Nembrod dreffa le premier
Royaume, alors fuft baftie la tour de Babel, & ad-

uint la confufion des langues, & les diuers langai-
ges qui depuis fe font efpandus par tout, & ont
toufiours changé fuiuant les cõionctiõs. La 5. fut
l'an 3970. quand Moyfe par la vertu de DIEV, em.
mena hors d'Egypte le peuple d'Ifraël, deftruifant
trente vng Roy, les Egyptiens, Hethiens, Amor-
rheens, Chananeens, Pherefiens, Heuiens, & Ie-
bufiens, & tous les peuples ou ils pafferent fans ef-
pargner aucun fexe. La 6. aduint l'an 4764 qui de-
ftruifit tout ce qui auoit efté fait par la precedente,
par fer, feu & flamme ruinant le peuple d'Ifraël,
qui en auoit tant d'autres ruiné, premieremẽt par
Teglat-Phulaffar Roy des Affiriens, puis par fon
fucceffeur Salmanaffar, qui emmena le refte auec
Daniel en la captiuité Babilonique, alors furent in-
ftituez les jeux Olympiques & Rome baftie. La
feptiefme fe fift l'an 5558. du monde, la 15. du VER-
BE incarné, alors les Cefars reduirent la Republique Romaine en Monarchie, & puis peu à peu fuft
prefchee & produite la Loy CHRESTIENE qui abo-
lit la Payene. La 8. fe fift l'an du monde 6352. & du
falut 809. auquel temps la plus part de l'Europe,
Afie & Affrique ayant efté deftruite par des natiõs
incogneues, Huns, Alans, Herules, Gepides, Gots
Oftrogots, Viffigots, Lombards, Normans & Sar-
rafins, finalement l'Empire Occidental qui auoit
efté aboly fuft reftauré & renouuelé en France par
les armes de Chatlemagne. La 9. & derniere cõ-
ionction à efté faite, felõ le fufdit calcul des Grecs
& Orientaux, l'an du monde 7111. & de noftre Re-
deption 1603. le 24. Decembre fur les 7. heur 28.
min. 50. fecond. apres midy au pole de 45. au 9. degré 37. minutes, & 40. fecondes du figne Sagitai-

re qui eſt ignee, aupres des genoux d'Ophiuchius, ſur la premiere ſpondile & pied du Scorpion qui ſont des treſuiolentes conſtellations de la nature de Saturne & Mars, auec la participation de la teſte d'Hercules apellee Raſalgeti de la nature de Mercure & Mars, qui adiouſte à la ſignification de la force, larcin & rapine. Ces conſtellations, parce qu'on vieillit dans les fondrieres du vice, & vid de la malice de l'iniquite, ſont à tour l'Vniuers, principalement à vn Empire & quelques Royaumes ſubiets au Sagitaire, en ſignes, marques demonſtrations, figures & aduertiſſemens tres certains, de ſi horribles deſolations, deſtructions & deuaſtations, que la menace de ces fleaux eſtát demonſtree au Ciel auec exces & ſans borne, ſans doute, ſi l'on n'appaiſe Dieu, ils ſurpaſſeront tous ceux que les plus malheureuſes nations ont iamais eſſayé. Et quand à nous François craignós DIEV, honorons le Roy, la Reine, Monſieur, Meſſieurs les Princes du ſang, Superieurs & Magiſtrats, prians ſans ceſſe pour eux, principalement pour la longue vie de noſtre Roy tres-Chreſtien tres-heureux & tres-inuincible: car il nous ſera comme le Palladium aux Troyens, comme aux Romains les boucliers Anciles, & comme l'image d'or de la fortune aux valeureux Ceſars.

FIN.